KB260275

바람 탓은 아니다

바람 탓은 아니다

바람 탓은 아니다
류근택 시집

초판 인쇄 | 2008년 10월 15일
초판 발행 | 2008년 10월 20일

지은이 | 류근택
펴낸이 | 신현운
펴는곳 | 연인M&B
디자인 | 이희정
기 획 | 여인화
등 록 | 2000년 3월 7일 제2-3037호
주 소 | 143-874 서울특별시 광진구 자양동 (680-25호(2층)
전 화 | (02)455-3987 팩스 | (02)3437-5975
홈주소 | www.yeoninmb.co.kr
이메일 | yeonin7@hanmail.net

값 7,000원

ISBN 978-89-6253-011-7 03810

바람 탓은 아니다

류근택 시집

연인 M&B

|시인의 말|

두리번거리며 사노라니 좁은 내 삶의 주변에도 마음으로 감싸기에는 넉넉한 사연들이 많다.

시와 결별했던 시간이 참으로 길었으니 그릇이야 어찌 넉넉하랴마는 있는 그대로 담아 여기 부끄러운 심정으로 네 번째 시집을 내어 놓는다.

사랑으로 받아주시길 소망한다.

2008년 가을
류근택

1. 아침 산성에 올라

4. 남은 이야기

5. 내일을 염려하지 않는데

| 해설 |

1. 아침 산성에 올라

아침 산성에 올라

밝아오는 산성엘 오르다
바람 냄새 정겹고
여명으로 조요하다
이마에 흐르는 땀방울처럼
소나무는 소나무와 기지개 켜고
달맞이꽃잎 닫노라면
돌담 사이 찾아온
햇빛에 하늘은 밝고
저 아래 산등성이 타고
아침이 오다

회색 숲을 지나
북악은 저기 지척이다.

허수아비

장맛비가 버거운가

지난해 축제마당 허수아비는
충청도 어디쯤 삼거리
수양버들 늘어진 가지처럼
풍상에 밀려 몸은 늘어뜨리고

우중충한 대지에서
어디 녹녹한 소식이나 들으려는가
바람으론 허튼 고갯짓

머리 들어 하늘 보렴
참새 떼 사라진들
세상 만만한 것 어디 있더냐

두두두둑 빗소리 굵은데
목청마저 쉬었구나. 허, 수, 아, 비.

어머니 뱃속에 있을 적 자세로 눕다

지난밤도 뒤척이다
마음 고쳐먹고 바로 눕다
어느새 잠이 들었나
칵, 숨이 막혀
깜짝 놀라 깨어나니
허리마저 뻐근하다
어머니 뱃속 있을 적 자세로
온몸 바짝 구부려
다시 잠을 청하다
갓난아이 때 쥐던 손,
아직도 양손은 꼭 쥐고
모처럼 잠이 들다
쥔 손에 들어 있는 것
아무 것 없음도 모른 채
모태의 잠을 자다가
가만히 손을 펴니
슬며시 미명이 열리다.

두부스테이크를 자르다

두부집 온돌방에 앉아
그늘진 山色 같은
두부스테이크를 자른다
나이프로 썰면 살점은 슬며시
부서지면서 本色을 드러낸다
이건 두부가 아니다
스테이크는 더더욱 아니다
뽀얀 속내 드러내면
오가는 손길 가벼우련만
어둠으로 가는 듯
내일을 떠올리며
두부스테이크를 잘라
아무리 잘근잘근 음미하여도
이건 여전히 두부도 아니오
스테이크는 도무지 아니다
하기야 누구라서
자신의 속내 가볍게 드러낼까
슬며시 포크와 나이프 내려놓고
두부집 나선 머리 위로는
별빛만 차갑게 반짝인다.

나

꽃이거나 하늘이거나
자연으로 숨쉬는 것들을 렌즈에 담다가
불현듯 사진 속의 내가 궁금하여
자동 셔터를 누른다

모니터 속의 낯선 표정

누르고 다시 눌러도
여전히 마뜩찮은 자세

잔뜩 움켜쥔 손

꽃들의 그 화사한 모습 같은
부끄럼 없는 속내,
괴로움보다는 표정으로 편안한,
무거운 것들은 다 내려놓은 듯
홀가분한 차림새라면 좋으련만

가야 할 곳을 웃음으로 바라보는
의연한 모습이라면 더 좋지

시간은 하염없이 흐르는데
평화로운 모습은 언제쯤 잡힐는지

내일도 모레도 삼발이 고정하고
연속으로 눌러나 보아야겠다.

별 1

해무처럼 밀려온 어둠에
하늘조차 침묵하더니

어허, 거기에 별이 있네

지나온 세월만치
망막 뒤편 저 멀리 밀려난
별들의 노래가

동요처럼 새삼 가물거리네

솔잎 허공에서
파르르 떠는 계절의 끝자락
언덕에 서서 나는

유전하는 별의 말, 한기의
철학에 귀 기울이네.

별 2

단풍잎 사이로
언뜻 허공에서 반짝이는
별이여, 그대
전하는 눈빛의 의미여

내 나이 열 살 무렵
외갓집 마당으로 쏟아지던
한여름 밤하늘의

그 숱한 미소는
가물가물 지나온 시간만큼
어둠으로 이울었나니

다시 고개 들어 마음 문
열어주렴, 별이여

지금 나는 반짝이는 별,
영혼의 빛을 향해
신발 끈 서둘러 매려니.

별 3

별빛이
너무 멀어서

부지런히
언덕에 올라서면

별은
여전히 멀고

구름조차
외로운 밤

산과
골짜기의 땅

산꼭대기
오른다 한들

별빛
다가서려나

제자리서
저렇게 반짝이는데.

장맛비

수삼일 내리는 빗소리에
낮잠이나 청하다가
다다다다닥
플라스틱 홈통 타고 쏟아지는
소리의 반란에 놀라
밖을 내려다보니
성마른 욕망처럼 고향집 감돌던
그날의 흙탕물이 오늘은
커다란 티브이 화면으로 찾아와
개울물 넘쳐 강물도 넘실넘실
논밭이 잠기고 길인지 호수인지
장대비로 쏟아내는
오, 고단한 장년의 우울.

5월인데

나른하다. 5월 한낮이

식곤증을 더하며
남은 기운의 한 자락에
숨어 헐떡이는
아련한 노스텔지어의 경련.

사과 먹기

한 돌이 두 돌이
깎이는 사과
수도하듯
속속 알몸은 드러나고
입 안으로 들어서는
순수의 속살

순간,
환호하며 거듭나는
우주로의 순환.

행운목의 꽃

기다리기 몇 해인가
장인 살아생전에 가져오신
행운목 나무둥치에서 어느새
서른 해 지나
우거진 잎을 정점으로
드디어 수줍은 듯 내민
꽃망울의 징조

친정아버지 만난 듯
아내의 환희로부터 사나흘 지나
드러낸 완연한 꽃대는
과거로 이어진 곧추서기

가슴으로 다가서는
순수의 몸짓에 더하여
견딜 수 없는 그리움 넘치거늘
꽃대 나온 지 보름은 지나서도
크기만 더할 뿐
피우기를 미루는 심보의 깊이

피우리란 믿음 없이
우왕좌왕하는 사이로 드디어
스무 날 지나 전령사로 터진
한 송이 원초적인 행운이

가슴 벅찬 밤으로 가져온
수줍은 미소

하루 지나고 다투어 피어난
열정으로 휜 허리
이제는 거기 취해 사나흘 밤을
시간도 고개 숙이면
남은 생은 정성을 다했노라고
마지막 서너 송이 꽃피워
줄줄이 아침으로 지는
시든 꽃의 서늘한 흔적처럼
가슴속 깊이
얼얼한 향내만 뚝뚝 흐르는.

지적박물관

그랬다
지적地籍박물관은 제천의
폐교에 자리하고 있었다

여전히 이승복의 작은
동상이 지켜보는 교실에서는
꿈이 피어나고 있었다

아이들 재잘거림 대신
우리네 역사가 숨을 고르며
내일을 향해
공중 높이 날고 있었다

장척丈尺을 쥔 굵은 손 아니라도
손때가 저리도 절어
소금이, 세상을 감싸는 빛의
파노라마가 시골 마을을 붉게
물들이고 있는데
누가 나이에 한계를 짓겠는가

제천의 양화리에는 리진호 관장의
양지가 있었고 귀츨라프의
발자취를 걸음, 걸음마다

밟아가는 순수의 용기가
아직도 박물관 뜰을 지나
들판 가득 넘실대고 있었다

정말 그랬다.

가을볕

성내천변의 수크령은 가을
바람에 검은 머리 까딱이고
백발처럼 억새풀은 날리던데

흔들리는 가을볕에
이삭 마른다 해도 수크령인들
자신의 미래를 체념이야 하겠으며

억새꽃 날리는 소슬한
바람에 맞서 견디지 않은 자
또 누구겠는가

미련과 후회로 오가는 인연인들
가슴에 담아 무엇 하며

성내천변 거닐면서
허리는 여전히 꼿꼿해야 한다는
아내의 잔소리가 그저
이맘때 내리쏟는 가을볕일 뿐.

두꺼비, 어디로 가나

흙먼지 폴폴
한여름 언덕배기

뒤뚱뒤뚱
두꺼비, 어디로 가나

오가는
등산화 쿵쿵 울려도

꾸역꾸역
두꺼비, 어디로 가나

내려온 길
돌아보면 멀고도 먼데

제집 떠나
두꺼비, 어디로 가나.

2. 죽은 나무에 이끼 돋아나고

죽은 나무에 이끼 돋아나고

삶이 하찮다 말하지 마라
겨울 광릉에 가면 군데군데 죽은 나무 둥치 있다
자리가 거칠거나 바람 거세다 탓하지 마라
백 년 넘어 전나무 살다간 자리 파란 이끼 돋았다
삶이 유한하다 말하지도 마라
겨울바람에 이끼들 파랗게 돋아나나니
죽어서도 주는 건 헌신이라 하자
주는 자 받는 자 서로 어울리어
보이지 않는 손, 그 손에 이끌려 이 땅
질곡이거나 희망이거나 가슴으로 안고 사는 것,
거기 무슨 멈춤 있으리오
겨울 광릉 숲속 죽은 전나무 마지막
삭은 밑둥치에선 이제도 생명은 숨쉬고 있다.

잎사귀 마른 상수리나무 같고

포동포동 포근하여 손등을
만지는 버릇이 나에게 있었지

어느 날 무심결에 내려다본
손등의 주름이 잎사귀 마른
상수리나무 껍질 같았지

봄비 촉촉이 내리는 날이면
하늘 높이 자란 상수리나무는
넓은 잎을 보란 듯이 피워냈건만

가을 가고 겨울 오면
잎들은 당연히 낙하하였지

벌레 먹힌 잎조차 오랜 날
슬픔인 듯 노란색 덧입혀 떨어지는
그 사연을 누군들 알았으리

가슴으로 타들어오는
엉클어진 실타래 같은 전력마저

잎사귀 마른 상수리나무
닮은 손등으로
밀려오는 긴 시간의 길목일 뿐.

반딧불

수유리 산속 성도원은
가까운 듯 멀리 고즈넉했네

나이 먹은 대학동기 몇몇 둘러앉아
낄낄대다가 마당 가운데
모여 서서 하늘을 바라보았네

반짝반짝 별 몇 개 거느리고
맑은 반달 떴네

숲길 두런두런 내려오는데
앞서 가던 홍 시인이 소리쳤네
'저기 반딧불이다'

눈 크게 뜨고 발자국 소리는
'쉿'
개똥벌레 꿈인 듯 쫓아갔네.

플라타너스 낙엽

버스를 기다리는 발 아래로 툭
마른 잎사귀 떨어진다
한낮의 햇빛은 아직 뜨거운데
플라타너스
몸 흔들어 낙엽 떨군다
앞서거니 뒤서거니 흔적 없는
아픔처럼 낙엽은
자동차 질주하는 아스팔트로 날린다
달리는 자동차에 속도를 더한들
오늘이 내일은 아닐 터
흐르는 세월처럼 불어오는
바람에 밀린 낙엽
가는 곳 어디런가

시내버스 정류장 간이의자에 앉아
플라타너스
시월에 구르는 낙엽을 본다.

마냥 가슴으로

충청도 아랫마을 산벚꽃
만발한 언덕에 얼굴
다른 두 나무는
무에 그리 좋은지 서로
몸 꼬아 비틀고 서 있던데
참나무는 참나무 고운 잎
피워내고 느티나무 가지 벌려
심정으로 안기엔 어느덧
훌쩍 자란 모양새 낯설어
품 떠난 자식들만큼이나
속내를 헤아릴 길도 없는데
울렁울렁 통증이
나이를 우울하게 만들더라도
삶은 주어진 것이라고
연리지 서로 묶인 운명처럼
엮이어 살아가는 것이라고 너는
나로서 두드리고 벼리고
그래야 사랑은 익는 것이라고
마냥 가슴으로 보듬어
우리로 더불어 훨훨 날고픈
햇살 고운 5월에는.

가는 봄

연록의 새잎에서
5월의 소리 듣노라니

입쌀인 듯
귀룽나무 하얀 꽃피고

소시에
소쩍새 울음 듣듯

흔들리는
이팝나무 하얀 가지에

초록을 더하는 잎새들
시간을 입혀 가면

지난 세월
흔들리던 삶의 고비

오가며 넘던
지루한 봄의 고개

이제도 덩달아
가는 봄을 조바심하네.

벗나무와 매미

내 나이만큼은 먹었을
벗나무 줄기에 매달린 매미가
여름 한낮을 세차게 운다

지상을 그리던 오랜 두근거림은
허물로만 남기고 흘러가는 시간처럼
목청을 높이고 높여도

지난날은 미망이라
갈라지고 벗겨진 벗나무 둥치에선
오늘이 진물로 흘러나와도

이순을 넘어서야 어제를 모아
오늘을 잃는 건 내일로 가는 여정,
건망증의 다른 이름이러니

벗나무 어둔 줄기에 매달린
매미는 어제처럼 여전히 다투어
한여름 더위를 추스른다.

나이테

40

성문 앞 비탈에 나이든
산사나무 꿈꾸듯 서 있었지

붉은 열매 떨어내던 날
누구의 손엔가 무참히 잘렸지

밑동부리 처절함엔
나의 가슴 아렸지

한 해 지나 잘린 자린
나이테도 고스란히 스러졌네

아무렴, 살아서 나이지
누구라 지난 시간 마중하리.

알밤만 줍는다

고향 어귀
잠드신 부모의 유택으로

다시, 가을볕

다투어 자라난 밤나무 사이로
늙어 가는 고향

벌어진 밤송이 우두둑
쏟아지는 욕망

갑년이 지난 형제는
이제도
알밤만 골라 줍는다.

계수나무 기지개

42

부엌 창문 사이로
아내와 벗한 지 서른 해

이 봄도 계수나무는
겨우내 쌓은 내공을

우듬지로 모아 두런두런
기지개 펴노라면

어느새 가지마다
보랏빛 눈은 터도

하늘은 너무 멀어
까치발로 조바심하고.

일몰

삶이 고달프다
누가 말했나

서녘 하늘의 빛과
그늘이 교직하는 충격

너른 손,
펼쳐진 광야를 지나

줄지어 펄럭이는 만장

꽃상여는
소리 없이 고개를 넘고.

운무

안개 속으로
숨 가쁘게 오른 산

거친 삶이 언제냔 듯

그렇게
오래 전 품어 안은

구름
그리고 아련함.

이별 연습

늦가을 용문사로
은행나무 노란 잎
보러 갔지요

어느새 잎은 지고
고목 등치
크고 작은 가지에
조랑조랑
달렸던 은행알들
지금 다 어디 가고
철모르는 몇몇 남아
추풍에 흔들리네요

천 년 바람에
용문사 은행나무
이별 연습하나요?

하늘이 쪽빛으로

수덕사 대웅전 앞마당
노송 한 그루
흔들리는 몸짓으로
시린 하늘 가리키네

갈 곳 몰라
헤매던 발길들 멈추어
웅성웅성
가을의 청명을 보네

가슴속 잠자던 몸부림
나도 따라 날리네

하늘은
여전히 쪽빛으로 높네.

가을 계수나무

계수나무 한 나무
서늘한 하늘

노란 잎 어느새
너울거리네

새잎보다 먼저
달콤한 꽃향기 전하더니

여름내 얻은
질긴 사연 더하여

가지, 가지마다
나뭇잎, 잎에 실어

이제는 느린 몸짓, 몸짓으로
가을 아우르네

계수나무 한 나무
춤추는 노란 잎.

3. 틀

틀

장마가 끝나면 찾아오던 강렬한
태양은 먹구름 너머로 숨고
저기압과 고기압이 서로 만나 밀고
당기고 얼싸 좋다 만들었다는
열대성 호우가 팔월도 중순 넘어
쉬지 않고 내리다 그치다 어느덧
여름 더위도 끝나는가 하였더니
해님은 남은 열망을 견딜 수 없는지
밤으로는 열대야로 이어지면서
서고 눕고 헐떡이고

제아무리 더운 날 이어간들
때 이르면 선들바람 불어올 걸
눕기를 자주하면 끝내 잠든다는
당신의 전설이 가물가물
피안으로 흐를 무렵 느닷없이
비바람 그치고 하늘엔 구름 몇 조각
가을로 돌아서며

스르르 되찾은 순환의 틀, 그 굴레에
덮여 어디로 가는지 우리들.

기차를 타고 가면서

297.2km/h까지 올라가는 빠른 속도로
직선을 달리는 KTX 역좌석에 앉아
창밖으로 흐르는 시간을 보다가
천안인가 아산쯤 이르러
내가 거꾸로 간다는 사실을 알아차리고는
지난 시간 불러 보며 오늘 앞에서
머뭇거리는 중, 대전역이다 역逆이라면
뒷걸음질인데 머뭇거림 없는 진행이다
걷거나 달리거나 타거나 매달리거나
뒤로 뒤로만 물러서는 얼룩덜룩 풍경과
어느덧 대구도 지나 부산시계에 이르러
빈자리로 바꾼들 이제 무엇이 달라지랴
그저, 자세 긴장하고 종점에 이르는 것,
플랫폼을 조용히 빠져나가는 것
그리고 뒤는 절대로 돌아보지 않는 것
이것이 내가 할 순서일 뿐.

궁리 포구

저만치 썰물 비껴간 자리
바지락 캐는 이들
물길 따라 가물가물하건만
작은 어선 몇 척, 햇빛
눈부신 정적에 덮여
거친 바닥에 비스듬히 누워 있네
안면도가 수평선을 가리고
천수만 방조제가 막아서고
갈매기 울음소리조차 들리지 않네
가슴 울려주던 옛 뱃고동 소리
그리워 늙은 벗들과
소주 한 잔 나누는 사이
밀려든 물살에도
어선들 제자리 우두커니 떠 있고
햇빛 눈부신 정적은 여전히
궁리 포구를 감싸고 있네.

* 궁리 포구 : 충남 홍성의 천수만 방조제 아래 위치한 작은 포구.

여기 이 순간

칠순도 지난 선배들이랑
청량산엘 오른다 오르고 내리는
산길에 찬바람 불건만 송파 나루
터줏대감들의 옛 이야기
그칠 줄 모른다 돌마리[石村] 내력이
저 앞 한강물처럼 유유하다
검정고무신 속엔 피라미 몇 마리
과거로 헤엄치고 조심조심 옮기는
발걸음에 지난날 묻어나건만 흐르는
개울물이 복개도로 아래 답답하다
남한산성 골짜기 지고 넘던 나뭇짐도
오늘은 견비통으로 아프다

시나브로 내일로 옮겨가는 몸짓들
여전히 여기 이 순간엔 그리움의 깃대,
깃대엔 진한 여운 펄럭이고.

바람 탓은 아니다

새털구름 빗기고
스산한 바람 불더니
계곡으로 비안개 몰려온다

색 바랜 굴참나무 누런 잎들
아직은 제자리 남아
파르르 흔들린다

드디어 빗방울은 듣고
성급한 나뭇잎
포물선 그으며 떨어진다

지는 낙엽, 저 괴로운 몸짓은
차라리 가슴 아픈
욕망일 뿐 바람 탓은 아니다.

바람 1

오늘 불어오는 바람
어찌 어제 불던 바람이랴
오면 오는 대로 가면 가는 대로
내일 향한 흔들림
그것이 바람 아니더냐
가슴 깊은 곳
억센 바람 파고들면
어찌 내일 감당하랴
비 내리고 바람 불어대면
딛는 발걸음 무거울 것
살아온 발자취
구불구불 힘겨워도 지금은
앞만 보고 나갈 때
바람 따라 조심조심 가련다
남은 길 멀지 않으니.

바람 2

강풍이거나 훈풍이거나
불어야 바람이지

설한풍 그치면 산들바람
가지마다 물오르고

잔잔하거나 왁자하거나
봄에 실린 바람소리

언젠들 그치겠나
이리저리 흐르는 것,

꽃이랑 새싹이랑
바람 따라 웃음 짓거늘.

바람 3

58

볕 좋은 날엔 연못의 물결을 가만히 들여다보자 그리고 인연
에 매인 듯 반짝이는 숨결은 듣자
세월처럼 쇳소리 들리거든 연기緣起의 끈은 놓자 바람이 파문
이라니
심장으로 다가서는 영혼의 떨림.

치과에서

치과에서
나는 세월을 날려버렸다

눈 위로 내리 쏟는 라이트에
저린 오금이 장기를 뒤틀며 항문을
조이는 격정의 순간

어찌 한순간에
가던 길을 되돌릴 수 있겠는가

먼 길 온 신발처럼
누더기 된 어제의 종언이여

포셉의 날쌘 놀림에
깨어져 갈린 어금니의 역정은
왜소해진 내일과 치환했노라

금빛 찬란한 미더스의 멍에여.

어느덧 황혼

사래논 거친 찬바람
억새풀숲 지나 산등성이

새털구름 사이로 붉은 빛살
뉘엿뉘엿 긴 그림자

악몽 속
몸부림처럼 어느새 숙인 몸

사라지는 해를 향한
어린 날의 사투리

부르고 부르다가
이제는 잃어버린 쉰 목소리

메아리로 되울리는
오, 황혼의 세레나데.

졸음

이즈음
찾아오는 졸음

때도 장소 없이,
눈꺼풀은 내려앉고

속절없이 말라가는
장맛비 속 병든 뽕잎처럼

남루한 흔들림에

준비로구나,
어둠으로의 긴 여행.

딱새는 하늘을 날지 않더라

하늘 보아라 높이
차고 나는 딱새 거기 있더냐

공중제비 돌아가며
홀로 지저귀는 소리를 듣자

하늘 메아리 들리더냐

넓은 들판
철새들의 군무도 눈여겨보자

어차피 그들
지나는 길손 아니더냐

파르르 가슴으로

텃새의 날갯짓
내리쏟는 빛의 소리만 듣자.

거미줄이 얼굴을 덮다

뒷길로 가다가 얼굴로 달려든
저돌성에 놀라면서 나는
거미줄의 포로가 되다

다가서는 人面 앞에 숨은 죽이고
결을 응시했을 울렁울렁
거미의 시선처럼

얼굴 가득 끈적거림이야
털어내면 그만이겠으나 거미에겐
먹이 찾는 생명선 아니던가

욕심은 어서 벗어버리고
작은 것, 아주 작은 것부터
가까운데, 아주 가까운데

입맛에 맞는 먹이 날아드는
은밀한 곳에 그물은 쳐야지
사람 사는 길목에선 봉변이리니

귓전을 타고 찾아든 거미의
한숨 소리만 이명으로 울리면서
푸드득 허공으로 날아가다.

보리차 한 잔에 취하여

아내가 전하는
코끝 간지러운 보리차 한 잔에 취하여
눈물을 흘린다면
그건, 세월이 전하는 전설이리라.

상추쌈

상추의 앞면을 보라
반지르르 윤기 흐른다
근육처럼 잎맥 솟은 뒷면엔
솜털까지 은근하다

그런데 요즘 상추쌈은
앞면으로 고기를 싸서
먹어야 한다는 우리네 습성에
반기를 든 사람이 있다

혹시나 하여 뒷면에 고기를
놓고 상추쌈을 싸 한입 가득 씹는다
맛은 다르지 않다

하기야 앞면이건 뒷면이건
상추는 상추일 뿐
안과 밖에 무슨 차이 있으랴

우렁이 쌈장이 제격인
나른한 여름날 오후 한때.

염려
―이명박 정부 출발 즈음에

하도 시끄러워서
가는 겨울 소리랑 봄이 오는
소리의 구분도 가지 않는
소란에 푸념이나 하면서
비스듬히 엉거주춤 서 있다가
누가 누구에게 무엇을 전하는지
도무지 알 수 없는 소리의
성찬에 질려 우두커니
먼 하늘 바라보는 중에
어젯밤 잠자리에 문득 떠올랐다
자취 없이 사라진 꼬리별처럼
이어지는 염려의 맥락,
발걸음은 시작했는데.

4. 남은 이야기

남은 이야기

냇가에 나가 보니 밤새 내린 빗물 모여
급히 흐르네 낙엽도 두둥실 떠가네
어린 날로 돌아가 개울가
오솔길 흐르는 물 따라 달리고 싶네
그러나 지금은 허리 뻣뻣하여
저들의 유연한 몸짓 어찌 따르겠나
돌아가는 삶의 현장, 세월 앞에
마주서면 여전히 갈 곳 희미하고
발걸음 무거운데 오늘은 차라리
흘러가는 물살을 먼저 보내네

함께 뛰지 못할 바에야 흐르는
물, 떠가는 낙엽 놓친들 어떠한가
다시 오는 이 반갑게 만나 더불어
남은 이야기 나눔이 순리거늘.

황혼에 부르는 노래

지는 해를 향해 성벽을
가로지른 노송의 노회한
몸짓이 황혼의 붉은 빛,
그 빛을 가슴으로 안는다 해도
이 땅 깊은 성정으로 굽은
음지의 소나무 가지에게 누구라서
내일 일어날 일을 기약할 수 있겠나
황혼으로 몰려오는 솔잎 사이
얼핏 얼굴 붉히며 몰려가는
서녘 구름처럼 이제껏
부르지 못한 바람의 노래라도
이제는 불러야 하리
어둠으로 달려가는 알레그로
현실을 담아 칸타빌레
음치면 어떤가 부르고 부르면
고운 노래 아니 나오랴
황혼으로 밀려가는 소나무
가지에 걸린 절창.

하산길

헉헉 자갈길
오르는가 하니 어느새 능선

바위도 넘고 구불구불 걷노라니
오봉을 감아 돌며
앞으로는 미륵처럼
우뚝 다가서는 백운대

봉우리는 봉우리와 어울리고
하늘도 구름도
빛살 고운 색깔로 찾아와
가슴 가득 채색하고
날아가는 새의 그림자*인 듯
소리 없이 돌아가는 비디오

미련은 멀리 두고
내려오는 길
부르는 소리 들리는 듯
급히 뒤돌아보니
신의 손, 손으로 빚은 듯

내 등허리를 감싸 안은
오, 여덟 폭 도봉산수도.

* '사람은 헛것 같고 그의 날은 <u>지나가는 그림자</u> 같으니이다.' [성경시편
144:4] 중 밑줄 친 부분에 대한 탈무드의 주석에서 인용.

개양귀비 땅으로 눕다

공원의 꽃밭에서 만난
개양귀비
간밤의 장맛비에 떼지어 땅으로 누웠다

숱한 세월 갈고 다듬어
일궈온 땅, 그 땅은 새싹 틔우고
잎과 줄기 키워

할머니 손은 약손, 그런 사랑으로
마침내 꽃을 피웠건만

약속이나 한 듯 꽃잎들 흥건히
젖은 땅 붉게 물들이며

어제를 보듬듯
개양귀비 조용히 땅으로 누웠다
뜨거운 태양 아래.

지나온 세월처럼

성난 기세로 달려드는
파도의 높이에 눌려
고향 바닷가 모래밭에선
숱한 모래알들이 너나없이
뒤엉켜 때[垢]를 씻는다

제 색깔은 어디로 갔나
저 젖먹이 젖빛 살결
그 순백의 웃음
이 풍진세상 씻고 씻은들
누구라 다시 얻으랴마는

숨 가쁘게 지나온 세월처럼
밀리고 그을리며 씻는다
얽히고설키며 씻는다
이곳저곳 묵은 때, 때를 찾아
몸도 마음 씻는다

어언간
썰물로 밀려난 자리
거기 씻김의 희열
지는 해의 남은 빛, 빛에 취해
때[時]를 따라 징징징
걸쭉한 춤판의 여운처럼
징 소리로만 울린다.

손등

어스름 석양에 취해
되뇌는 어제의 어두운 시간들,
시간은 내일 의지하는 것 아니라
오늘을 유심히 보는
무위의 삶이라는
돋보기 아래 분명히 드러난
손등의 쭈글쭈글함

이건 순전히 산등성이 너머
음지에서 자라 어느덧 고목이 된
어느 굴참나무의 터질 듯
울퉁불퉁한 표피에 관한
이야기만은 절대 아니라오.

세월

계절 따라
목련 그늘 변하더니

올봄에도
팔 벌려 꽃피우고는

바람조차 잊은 듯
긴 한숨이

낡은 아파트 마당으로
한 가득

꽃잎 날리기를
어느새 서른 해.

느지거니

베란다 한구석에 노란 국화
더불어 연분홍 꽃피었다

서너 해 전 방치한 비닐 분에서
봄으로 새싹 돋아
몇 달인지 느릿느릿 스며드는
햇빛 향해 가지 뻗어

바로 서기 어색한 듯 바닥으로
엉금엉금 늘어지거나 서로 엉켜
유리창에 이르러 머리 곧추며

창밖의 구르는 낙엽 시샘인 듯
느지거니 비쳐오는 동짓달
햇볕 받아 하나 둘 꽃피우더니

지는 해[年] 아쉬운지 섣달그믐
다가와도 베란다 구석엔
이제도 국화꽃 한창이다.

홍시

가지 끝에 달려
비바람 견디기는 얼마요,
서리는 몇 차례일까
까막까치의 훼방인들 없었으리

주렁주렁 밀고 당기고 마침내
홍시로의 변신

조심스레 열린 말랑한 속살로
수줍게 녹아드는 설렘

온몸 다 주고 갈색 씨로만
남은 여정의 끝자락

차가운 하늘에 콕 찍은 붉은
꿈 하나.

다시 노루귀꽃

절벽으로 다시 노루귀꽃

산길 지나는 발걸음들
여전히 마음 주는 이 없건만

봄바람 속내도 쌀쌀한데
새론 세상 기대하나

낙엽 헤집고 고개 들었네

한 해 지난다고
눈물이야 마르랴마는

머물 곳 어디랴
귀 기울여 세상 보누나

절벽에 선 노루귀꽃.

선애기별꽃

추운 날 양수리 영화촬영소 뒤뜰 허름한 비닐하우스에서
선애기별꽃 두어 분을 샀다

며칠 지나 돋보기 넘어 보이는 이끼 닮은 잎 사이로 앙증맞은
꽃대 몇 개 더 솟더니

봄으로는 베란다의 크고 작은 풀꽃들 더불어 자유로 새싹 돋
고 꽃피운다

수줍은 듯 기웃기웃 꽃피운다.

통영에서
—산양 일주로

해안도로를 달리네

굽이굽이 펼쳐진 쪽빛,
그 빛에 눈이 시리네

자맥질하는 섬들,
목석으로 빚은 듯 아련한 사랑
오늘에야 목이 메이네

흩날리는 벚꽃처럼
추억의 조각 싣고 자동차도
부웅 날으네

뭉게구름 덩달아 뒤따르네.

산새 1

딱샌지 박샌지
산새 들고 나는 둔촌굴*遁村窟

공동묘지 숱한 사연
좁은 산길 사이 두고

안개 속 뒤척이듯
바람소리 들려오고

저 아래 둔촌마을
아파트 밝힌 불빛 셈하여도

삼십 년 삶의 여적
어둠으로 다가오니

들고도 모를 일
바람 앞의 산새 재잘거림.

* 둔촌굴 : 서울 강동구 둔촌동 뒷산[一字山]에 위치한 여말 둔촌(遁村) 이집
(李集)이 머물렀다는 조그만 암혈(岩穴).

산새 2

82

겨울 산 초입으로 딱따구리
따다닥 적막을 깨더니
딱새, 박새 푸드득 이리저리 날갯짓
바람마저 가는 세월 잊은 듯
잔설조차 보이지 않아도
산은 여전히 겨울이요, 나뭇가지
사이로 들려오는 산새들 지저귐에
차가운 하늘 우러르며
주머니 속 먹이 찾아 구구구
산새 부르는 늙은 벗은 누구던가.

흘러서 산다
—丁丑年 섣달그믐에

서른 해 가까이 살고 있는
내 낡은 아파트 천정의 수도관이
물을 쏟는다

뛰어가 밸브를 잠그니
쏟아지던 물이 뚝뚝 멈춘다
변기통의 물도 멈추고,
개수대의 물도 그친다
흐르기를 멈춘 수도는 주검이다

너도 흐르고 나도 흘러서 산다
東江 흐르듯 西江 흐르나니
남에서 흐르는 물 북녘에서 멈췄으리?
몸속으론 피가 흐르고
밤하늘의 별도 총총
모두모두 흘러서 산다

만물보수센터 아저씨 손을
타고서야 물은 흐르고,
응어리도 풀리고.

5. 내일을 염려하지 않는데

내일을 염려하지 않는데

지난가을 가지 떠난 낙엽들
겨우내 바람과 눈과 어느 땐 비까지 내려
거기 견디고도 이리저리 흩날리는데
고비사막 떠나온 황사도 하늘 덮어
매캐한 기운 코끝 간질이며
가는 길 막아도

나뭇가지 끝마다 봄물 오르면
새로 오는 봄의 빛, 그 힘에 취해
초록 새순은
여전한 자태 들어낼 뿐

내일을 염려하지 않는데, 나무는.

심수리

쉬지 않고 걸었습니다

가는 곳 어딘지 모른 채
터벅터벅 걷다가

도달한 곳 알 수 없어
맑은 물에 발 담가

거짓이거나 울분이거나 놀람이거나
거쳐온 얼룩덜룩 묵은 때

이제는 산도 물도 고요한 골
심수리*深水里에 가만히 묻어두고

청계에 청심 찾아
다시 떠나갑니다.

* 시편 130:1의 '깊은 곳'에서 차용한 가공의 마을.

행복을 위하여

누구랄 것 없이 앞장서서
슬그머니 잡아주는 손길이나
스치는 인연일랑 바람이라 말하지 말자
삽상한 바람이 여름에만 불더냐
겨울 산엘 올라 보아라
등허리 타고 흐르는 땀방울
그 맛에 취하지는 말자
시선을 한 곳에 모으지도 말자
바람인들 허튼 수작하겠나
가슴으로는 골고루 전하자
전하는 건 나를 세우는 것,
주는 것이라곤 말하지 말고
양지쪽에 피어나는 작은 꽃
아주 작은 쇠별꽃의 열망만을 보자.

심안

카메라를 메고 산야를 둘러보아라
사랑을 보리라

렌즈 안의 들풀을 들여다보아라
기쁨을 알리라

작은 꽃의 몸짓에 전율하면서 마침내
평안을 얻으리라

그리고 떨어진 꽃잎 앞에 오도카니
눈물 흘리리라.

빛 받는 날

호수로부터 차오른
트림 같은 구름이 어느새 온 산을
덮고 봉우리만 남길 무렵

남루의 무게가
심장 깊이 구름처럼 밀려들면
이제는 흔적으로 남아 있을
여진처럼 자존심도 전율하나니

시간 지나고 바람 멈추길
되풀이하는 삶, 거기에
순명처럼 머무르는 일생에서
누구라 벗어나리

허나, 작은 자야 안심하라*
태양은 다시 강렬한 빛을 발하리니
그 빛 받는 날 다시 서리니.

*마태복음 9:2.

빛이여

아침 창문으로 쏟아지는
빛이여
마음으로 찾아 나선
그대 운명의 여신이여
어느덧, 때 지나면 저녁,
어둠은 성큼 다가서리니
그곳,
머무르기에는 쓸쓸한 장소
허나, 누군들
광야를 지나지 않고서
숲의 안락을
짐작이나 하겠는가
다시 올 빛을 향한
그리움, 나
거기에 소망 두리라
찬란한 빛이여.

봄눈

눈이 옵니다
펄펄 봄눈이 옵니다

하얀 마당에
발자국 낼 용기 없어

능력의 손,
순수의 표백을 찬양하며

겨우내 얼은 격정
슬며시 내려놓고

거짓도 미련 없는
순정한 손길 향해

가슴으론
소복소복 눈이 옵니다.

아가야, 손잡고 가자

아가야, 손잡고 가자
위험한 가도는 지나 공원으로 가자
슬며시 잡은 손 놓으면
넓은 공원 헤집겠지. 아가야,
그러면 잠시 자유로우리
그러나 어린 네게 누릴 자유 얼마겠니
길 잃을 두려움에 구원 청하리
그때, 나는 다시 손을 내밀리라
두려움 버리고 손을 잡자. 아가야

아가야, 손잡고 가자
꽃피고 새들 노래하는 곳,
사랑과 평화와 기쁨이 넘쳐나는 곳,
손은 꼭 잡고 가자
손목이 아프면 잠시 손을 놓자
너무 멀리 헤어지지는 절대로 말자. 아가야
가까이 우러러 애쓰며 가자
손잡고 가는 길엔 힘이 솟는 법
팔 저으며 힘차게 가자
가는 길 멀다 말고 발맞추어 가자
우리 모두 그리는 곳,
잡은 손은 흔들며 가자. 아가야

아가야, 손잡고 가자
갈 곳 몰라 헤매어도 앞으로 가자
현란한 빛깔의 유혹엔 두 눈을 감자
그저 처음처럼 끝까지 가자. 아가야
작은 팔 휘저으며 손잡고 가자
여린 다리 아프면 쉬면서 가자
쉬는 동안 한눈은 팔지 말고
갈 길 찾아 앞으로만 가자
사랑하는 임 거기 있으려니. 아가야.

단상

사랑은
임이 주신 청정

말씀으로
한 올 한 올 엮어서
영혼을 적시는 것

새론 나를
기뻐 여는 것

그러나
이슬비에 잠방이 젖듯
의심 쌓이면*

썰물처럼 멀리 더 멀리
달아나는 법.

* 야고보서 1:6~8.

숨쉴 곳

한 해 간다고 여기저기 법석이어도 남의 일인 듯 그저 허공
바라보며 오도카니 살아온 길 뒤 돌아보니 나 태어난 곳 저 아
래 보이거늘

나만의 자유로 숨쉴 곳 이제 조금은 찾아야 하여

어쩌겠는가, 갈 길 몰라 바람 소소해도 마음으론 넉넉한 곳
언약의 길, 진리의 길

지금은 주저 없이 찾아 나서야 할 때.

새해 아침의 기도

주님
어제도 목 곧추어 받기를 보챘습니다
새해에는 무릎 꿇고 기도하게 하소서

주님
어제도 욕심으로 으스대며 살았습니다
새해에는 비우면서 살아가게 하소서

주님
어제도 입술로만 주님을 따랐습니다
새해에는 왼손만 아는 사랑 이루게 하소서

주님
어제도 육신의 편안만을 찾으며 살았습니다
새해에는 고통이 연단임을 깨닫게 하소서

주님
어제도 내가 누구인지 모른 채 살았습니다
새해에는 나를 아는 혜안도 허락하소서

주님
새해에는 오늘이 마지막 날인 듯이 살아가기를 원합니다
어제가 오늘이 아니듯 내일이면 오늘이 어제 됨을 깨닫게 하
소서.

가는 길이 기쁘면

덜덜 춥습니다
이불 두 채 덮어도 춥습니다

공원은 지나쳐
먼지 많은 길거리 헤매다가
집으로 돌아오니
도리어 추위가 엄습합니다

나뭇가지 끝으로 봄소식 오고
겨울은 저만큼 먼데
어찌하여
나는 추운지요

작은 추위조차 못 이겨
몸살에나 걸리는
여린 가슴을 감싸 쥐고
자세 더 낮추렵니다

가슴 따뜻한 길을 향해
두려움 없이
발걸음 옮기렵니다

가는 길이 기쁘면
돌부리에 부딪쳐도
넘어지지 않을 것입니다.

가야 할 길

땅이 흔들린다 바다가 용솟음친다
갈피 잡지 못해 이리 뛰고 저리 울부짖는 무리
술 취한 듯 휘청거리는 저 가녀린 모습이여!

길 아니건만 먼지처럼 온갖 죄 뒤집어쓰고
가시나무 자르며 숲을 헤쳐 고집으로 앞서 가는 자
보라, 너 서 있는 땅 지금 어디인가

에덴에선 떠났어도 숨쉬기엔 그래도 알맞았던 때
우리 주님 세우신 땅 거룩한 곳
지축이 요동하여 오늘은 숨쉬기도 어지러워라

한 발은 시궁창 어디쯤 담그고 이제껏 서야 할 곳 몰라
순간조차 가늠치 못하는 몸뚱어리여
숨찬 듯 요동치는 혼돈의 오늘을 본다

파란 하늘, 오직 주님 머무시던 순수의 자리
오늘은 검은 구름 하늘 가려 어디쯤인지
가늠할 길 멀어 발만 동동 울부짖는 군상들, 군상들

이젠 가던 길 멈추고 눈을 들어 우르릉 쿵쾅
가슴으로 울리는 뇌성, 번쩍이는 섬광
주님 가신 고난의 길, 벅찬 소망의 기쁨

흔들리던 땅이, 울리던 하늘이, 이제는 잔잔해진
해면 위로 조용히 떠오르는 해를 따라
하늘 울리는 진리의 음성 '버리고 나를 따르라'

민낯 같은 노래여

임웅수(시인)

1

류근택(柳根澤)의 제1시집 『들으렴, 이 소리를』(2003)에서 나는 이 시인의 순수 탐색이 신앙의 경지에까지 닿아 있다고 말한 적이 있다. 그의 이런 시정신은 제2시집 『징검다리 건너기』(2004)와 제3시집 『꽃의 기쁨』(2006)에도 이어진다.

시인이 일관성을 지니면 독자와의 관계는 당연히 투명하다. 그가 무엇을 말하든 편안하게 다가오기 때문이다. 류근택 시인에게는 이런 일관성이 있다. 순수를 바탕으로 한 꾸준함과 성실함이 그것이다. 늘 변함이 없으며, 흔들리지 않는다. 모진 풍파에도 중심을 잃는 법이 없다. 그런 이를 가리켜 우리는 '믿을 만한 시인'이라 부른다.

성숙한 시정신의 뚜렷한 특징은 이와 같은 일관성이다. 아무리 뛰어난 재능을 가졌다 해도, 풍부한 자원이 있어도, 훌륭한 환경을 갖추었어도 일관성이 부족하면 시적 목표에 다다를 수가 없다. 일관성은 '한결같음, 성실함, 인내, 정열'이라는 단어

들과 손을 잡는다. 류근택은 예순이 다 되어서야 늦깎이로 시를 발표하기 시작하였다. 물론 '시와 결별하였던 시간들이 참으로 길었으나' [시인의 말] 학창 시절에 쓴 몇몇의 시편들에서 찾을 수 있는 순진무구와 진실, 사무사의 시정신과 겸손의 아름다움 등은 이전의 시집들과 마찬가지로 이번에 상재하는 제4시집 『바람 탓은 아니다』에서도 당연히 만나게 된다. 또한 성결한 소망과 자연친화적 사유가 깊이를 더하고 있어 더욱 반갑다.

2
내가 알고 있는 류근택은 외적 변화를 별로 달가워하지 않는다. 그러나 그가 즐겨 오르는 산성의 변화에는 예민하게 반응하고 있음을 발견할 수 있다. 순환하는 자연을 닮은 평화로운 삶을 염원하기 때문이리라.

밝아오는 산성엘 오르다
바람 냄새 정겹고
여명으로 조요하다
이마에 흐르는 땀방울처럼
소나무는 소나무와 기지개 켜고
달맞이꽃잎 닫노라면
돌담 사이 찾아온
햇빛에 하늘은 밝고
저 아래 산등성이 타고
아침이 오다

회색 숲을 지나
북악은 저기 지적이다.
―「아침 산성에 올라」 전문

인간세상의 잡다한 사념들을 멀리하고, 의연하게 아름다운 자연을 대하며 언제까지나 청정하고 순수하게 살고자 하는 시정(詩情)이 잘 나타나 있다. 이 시의 핵심어는 조요(照耀)함이다. 해를 맞으러가는 바람 소리, 땀방울 소리, 소나무의 기지개 켜는 소리, 달맞이꽃의 문 닫는 소리, 아침이 오는 소리들을 다 들을 수 있을 만큼 아침 산성은 조요하다. 그런 가운데서 시의 화자와 자연과의 교감은 충만해진다.

시의 화자(話者)는 문명의 도시를 가로질러 북악을 바라보고, 북악 또한 의연한 자세로 서로 조명하고 교유한다. 조요함은 고고한 자의식(自意識)의 변용이다. 의인화된 산성(山城)의 모든 이미지는 또 다른 자아(自我)다. 화자와 자아가 서로 만나 유유자적하는 속에, 명상하듯 사는 산(山)사람의 심정을, 이 시는 맑은 산골 물처럼 잘도 노래하고 있다.

이백(李白)의 '獨坐敬亭山'이 떠오른다.

衆鳥高飛盡 高雲獨去閒 相看兩不厭 只有敬亭山

(뭇 새들 높이 날아 사라지자 하늘엔 흰 구름 외로이 한가롭게 흐르는구나. 그 아래 서로 마주하여 바라보아도 물리지 않는 것은 오직 경정산뿐이로구나)

다음의 시는 생명의 소중함을 일깨운다.

삶이 하찮다 말하지 마라
겨울 광릉에 가면 군데군데 죽은 나무 둥치 있다
자리가 거칠거나 바람 거세다 탓하지 마라
백 년 넘어 전나무 살다간 자리 파란 이끼 돋았다
삶이 유한하다 말하지도 마라

겨울바람에 이끼들 파랗게 돋아나나니
죽어서도 주는 건 헌신이라 하자
주는 자 받는 자 서로 어울리어
보이지 않는 손, 그 손에 이끌려 이 땅
질곡이거나 희망이거나 가슴으로 안고 사는 것,
거기 무슨 멈춤 있으리오
겨울 광릉 숲속 죽은 전나무 마지막
삭은 밑둥치에선 이제도 생명은 숨쉬고 있다.
　—「죽은 나무에 이끼 돋아나고」 전문

인간의 삶은 숭엄하다. 죽은 나무도 시인의 시안(詩眼)은 비켜갈 수가 없었다. 나무껍데기에 파랗게 돋아 겨울을 나는 이끼를 발견할 수 있는 것도 삶의 아픔과 고통을 견디고 깊이 사유하며 살아온 시인의 겸손하고 따뜻한 인간성 때문일 것이다.

'삭은 밑둥치'는 자식들을 위하여 헌신희생(獻身犧牲)하는 노부부의 그림이 되기도 한다. 신앙적으로 보면 죽은 나무둥치는 빛나는 십자가며, '파란 이끼'는 시인 자신일 거라는 추측도 가능하다. 시인은 잘 보이지 않는 곳에서 찬연한 보석을 캐내고 있다. 얼마나 값지고 아름다운 모습인가?

장마가 끝나면 찾아오던 강렬한
태양은 먹구름 너머로 숨고
저기압과 고기압이 서로 만나 밀고
당기고 얼싸 좋다 만들었다는
열대성 호우가 팔월도 중순 넘어
쉬지 않고 내리다 그치다 어느덧
여름 더위도 끝나는가 하였더니
해님은 남은 열망을 견딜 수 없는지

밤으로는 열대야로 이어지면서
서고 눕고 헐떡이고

제아무리 더운 날 이어간들
때 이르면 선들바람 불어올 걸
눕기를 자주하면 끝내 잠든다는
당신의 전설이 가물가물
피안으로 흐를 무렵 느닷없이
비바람 그치고 하늘엔 구름 몇 조각
가을로 돌아서며

스르르 되찾은 순환의 틀, 그 굴레에
덮여 어디로 가는지 우리들.
　　　　　　　　　　　　　─「틀」 전문

　틀은 운명, 법칙, 섭리일 것이다. 그러니 계절의 순환은 극히
자연스러운 것이며 막을 수도 없는 것이다. 인생도 그런 것. 젊
은 시절을 보내고 나면 인생의 가을이 오는 법. 가을에 이어 겨
울이 와서 삼라만상은 다 제가 타고난 대로 귀향하게 되는 것이
다. 어둠으로 가거나 밝음으로 가거나 제가 살아온 값대로 찾아
떠나는 것 아닌가?
　어떻게 계절이 순환하는가? 그건 섭리다. 시인은 '섭리'를 거
창하게 생각하지 않는다. 시안으로 주위를 둘러보면 우리의 눈
에 띄는 지극히 평범하고 당연한 것에서 예의 '섭리'를 발견하
게 된다. 우리는 흔히 주변의 일상적인 것, 평범한 것은 도외시
한 채 뭔가 비범하고 특별한 것에서 삶의 의미라든가 신의 뜻을
읽으려고 애쓰는 나머지 결국은 평범함도 비범함도 다 잃게 되
는 경우를 경험한다. 그는 일상의 평범함에서 창조주의 섭리를

느낄 수 있기에 평화롭고 깊고 여유로울 수 있는 것이다.

한데 그는 가끔은 엄살도 떤다. 내가 보기에는 '무엇으로 살 것인가?' '어떻게 살 것인가?' '어디로 가는 것인가?' 등에 대하여 어느 정도는 통찰한 듯한데 '스르르 되찾은 순환의 틀, 그 굴레에 덮여 어디로 가는지' 라고 자문하고 있으니 말이다. 이형기는 시 '낙화' 에서 낙화가 아름다운 것은 때가 되면 피었다가 지는 자연의 섭리에 순응하기 때문이라고 하였다. 마찬가지로 시인은 '장마, 먹구름, 열대성 호우, 열대야' 로 상징되는 무거운 여름을 거쳐 '선들바람, 구름 몇 조각' 의 비교적 가벼운 가을로 이어지는 계절의 순환을 이야기한다. 물론 여기에는 계절의 순환처럼 역사의 한 굽이로 사라지는 인간의 삶도 내포되어 있다. 이러한 인간의 힘으로는 전혀 어쩔 수 없는 우주의 질서를 물음의 형식을 빌려 각인한다.

냇가에 나가 보니 밤새 내린 빗물 모여
급히 흐르네 낙엽도 두둥실 떠가네
어린 날로 돌아가 개울가
오솔길 흐르는 물 따라 달리고 싶네
그러나 지금은 허리 뻣뻣하여
저들의 유연한 몸짓 어찌 따르겠나
돌아가는 삶의 현장, 세월 앞에
마주서면 여전히 갈 곳 희미하고
발걸음 무거운데 오늘은 차라리
흘러가는 물살을 먼저 보내네

함께 뛰지 못할 바에야 흐르는
물, 떠가는 낙엽 놓친들 어떠한가
다시 오는 이 반갑게 만나 더불어

남은 이야기 나눔이 순리거늘.
―「남은 이야기」 전문

시인은 줄어든 유연성과 경직된 사유로 인한 나이의 무게를
생각한다. 그러나 그는 오늘을 붙잡지 않고 흘려보낸다. 그리
워하되 집착하지 않는다. 그의 생활철학을 보는 듯하다.
고려가요 '가시리'의 '잡스와 두어리마는 선ㅎ면 아니 올세
라 셜온 님 보내읍노니'의 애이불비(哀而不悲)와 정지상의 '송
인(送人)', 소월의 '진달래꽃'을 만나는 기분이다.
그러나 그는 새로 만남에 큰 의미를 두고 있다. 이육사 시인
이 '내가 바라는 손님은 청포를 입고 찾아온다고 했으니'에서
손님을 학수고대하는 것처럼 반갑게 만나 남은 이야기를 주고
받고 싶어 한다. 간절히 기다리는 얼굴이 있다는 말이다. 그 얼
굴은 친구일 수도, 형제일 수도, 자식일 수도, 손자일 수도 있
다. 그의 아내일 수도 있고 이상향이거나 구원의 신이 될 수도
있다.
그렇다면 '남은 이야기'는 어떤 내용일까?

쉬지 않고 걸었습니다

가는 곳 어딘지 모른 채
터벅터벅 걷다가

도달한 곳 알 수 없어
맑은 물에 발 담가

거짓이거나 울분이거나 놀람이거나
거쳐온 얼룩덜룩 묵은 때

이제는 산도 물도 고요한 골
심수리深水里에 가만히 묻어두고

청계에 청심 찾아
다시 떠나갑니다.
―「심수리」 전문

그는 주석(註釋)에서 '심수리(深水里)' 는 "여호와여 내가 깊
은 곳에서 주께 부르짖었나이다."[시편 130:1]의 '깊은 곳' 에서
차용한 가공의 마을이라고 했다.

'깊은 곳' 이란 곤란이 궁극에 달하여 죽음의 경지에 이른 상
황을 비유한 것이다. '깊은 곳' 은 베드로와 예수와의 만남의 장
면이기도 하다. 베드로는 예수를 만나기 전에는 평범한 어부에
불과했다. 가난하고 보잘것없는 어부로 살아왔다. 갈릴리 호수
에서 밤새도록 그물을 던졌지만 한 마리도 못 잡은 베드로가 그
물을 '깊은 곳' 으로 던지라는 예수의 말씀대로 시몬 베드로는
순종했다. 엄청난 고기를 잡았다. 그물이 찢어질 정도로 고기
를 잡았다.

빈 배는 실패한 인생의 모습이다. 인간의 실패는 주님을 만나
는 절호의 기회가 된다. 실패는 새로운 계획을 찾을 수 있는 기
회요, 자신을 바라볼 수 있는 절호의 기회다. 실패해서 빈 배와
같은 상태로 될 때가 있다. 바로 이때 주님께서 찾아오신다. 빈
배는 인생의 비극이 아니라 축복으로 바뀐다. 빈 배는 은혜가
되었다. 빈 배가 되었기에 주님이 그를 찾아오신 것이다.

갈릴리 호숫가의 기적은 류근택 시인에게도 다가온다. '쉬지
않고 걸었습니다.' 신앙인은 내 고집이 있을 수 없다. 모든 기
적은 순종에서 만들어진다. 모든 역사는 순종에서 이루어진다.

신앙은 감정과 기분에 좌우되지 않는다. 무기력해지고, 흔들리고, 피곤해진 영육을 끌고 절대자를 향해 나아간다. 그리고 순수한 그의 소망대로 심수리에 닿는다. 심수리는 그에게 안식과 겸손과 용기를 준다. 그리고 그는 소망하는 오직 한 곳을 찾아 다시 정진한다. 심수리는 사랑의 품안이기 때문이다.

이처럼 그가 부르는 시들은 어머니의 간절한 기도처럼 부드럽게 흐르되 절대로 시끄럽지는 않다.

3

시인과 같이 시를 배우던 문청 시절 어느 기회에 정훈(丁薰) 시인이 나에게 '욕교기졸(慾巧其拙)'이란 말을 남긴 적이 있다. 기교에 치우치지 말라는 뜻일 것이다.

류근택의 시에서는 그런 기교의 냄새가 나지 않아서 좋다. 시어가 평이(平易)하고 흐름이 잔잔하다. 자칫 건건하거나 무덤덤하다는 오해를 살지도 모른다. 하지만 그는 그런 반응에 귀를 내주지 않는다. 자신의 삶이거나 사유를 있는 모습 그대로 담담하게 풀어낸다. 그래서 그의 시편들에서는 쑥이나 솔잎, 풍란 같은 향내가 난다. 이렇게 '화장기 없는 민낯의 노래' 이기에 그의 시들을 읽노라면 편안하고, 만날 때마다 반갑고 즐겁다.

작은 산바람에도, 낮은 물소리에도 저절로 울리는 징소리처럼 곱고, 높고, 영원한 삶의 노래가 그에게서 끊임없이 흘러나와 널리 울려 퍼지기를 기원한다.

시와 결별했던 시간이 참으로 길었으니 그릇이야 어찌 넉넉하랴마는 있는
그대로 담아 여기 부끄러운 심정으로 네 번째 시집을 내어 놓는다.
　사랑으로 받아주시길 소망한다. _시인의 말 중에서